AF452258

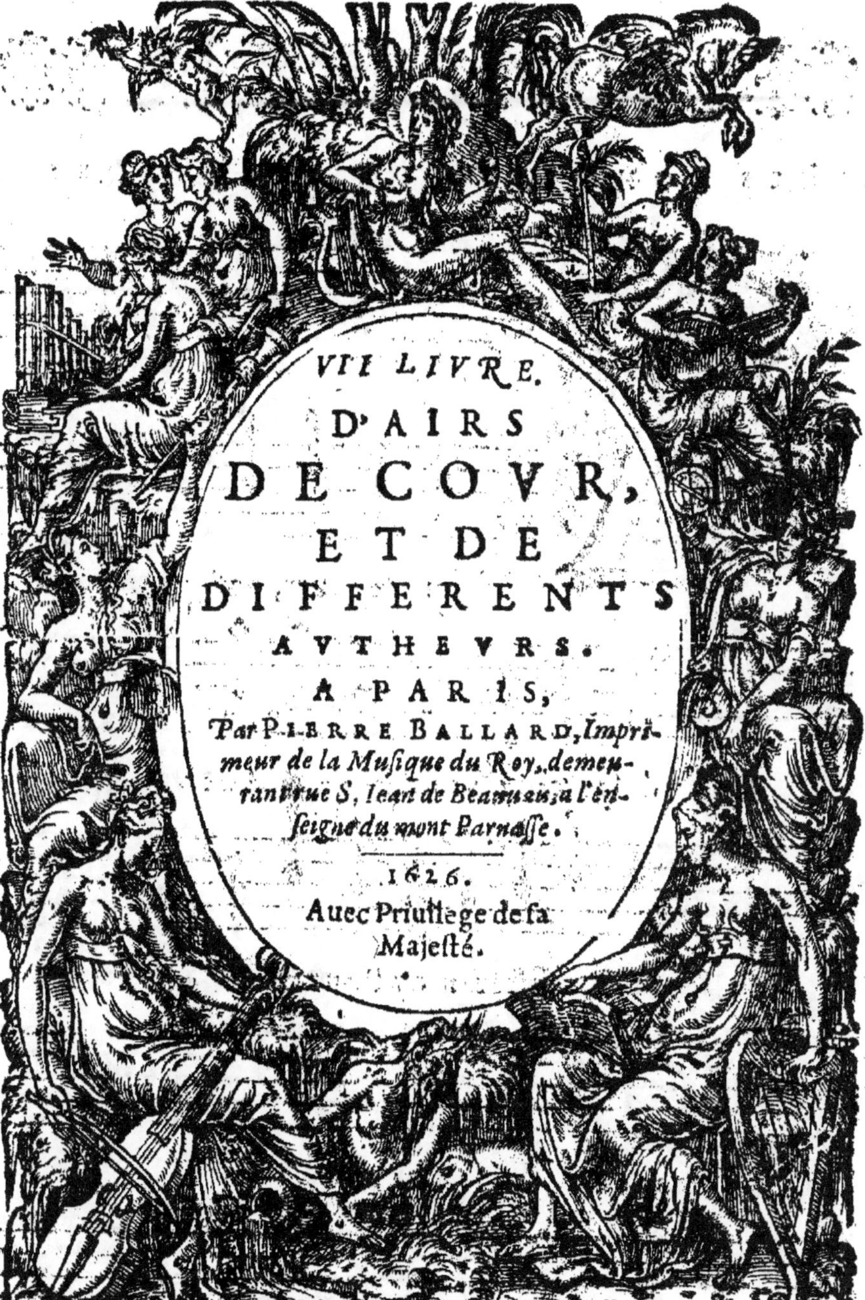
VII LIVRE.
D'AIRS
DE COVR,
ET DE
DIFFERENTS
AVTHEVRS.
A PARIS,
Par PIERRE BALLARD, Impri-
meur de la Musique du Roy, demeu-
rant rue S. Iean de Beauuais, à l'en-
seigne du mont Parnasse.
1626.
Auec Priuilege de sa
Majesté.

BALLET

Vx volleurs,
au secours, accourez-tous,
Amis despeschez-vous, Aux volleurs,
au secours, assistez-moy Pour tirer de peril
les seruiteurs du Roy.

Aux volleurs, serons-nous à leur mercy
Mesmes en ce lieu cy ?
Aux volleurs, armons-nous, il faut aller
Secourir la maison qu'ils sont prests d'escheller.

A ij

BALLET

LES HAMADRIADES.

Sans vous, roy des belles saisons
L'Hyuer nous tiendroit longuement dans ses prisons :
    Ha! que vos rays.

Par vous rajeunit l'Vniuers,
De vous nous prenons ces rameaux qui sont si vers :
    Ha! que vos rays.

De vous renaissent les desirs,
Les ris & les jeux, les amours, & les plaisirs :
    Ha! que vos rays.

C'est vous qui rendez la vigueur
Aux corps affoiblis dont vous chassez la langueur :
    Ha! que vos rays.

A iij

N sortant de nos froides prisons,

Adorons ce doux Roy des Saisons, Ce beau So-

leil de qui la clairé Nous rend la liberté.

Accordons aux doux chant des Oyseaux
Le murmure amoureux de nos eaux,
Pour ce bel œil de qui la clairté
Nous rend la liberté .

Nos ruisseaux sont maintenant cheris ,
Nous courrons parmy ces lieux fleuris ,
Deuant cét œil de qui la clairté
Nous rend la liberté .

A iiij

Ous qui de toutes nos cam-
pa-gnes, Baniſſez pour jamais le ſu-
jét de nos pleurs ; Souffrez qu'vne Déeſſe auecques ſes compagnes, Vous preſen-
te ſes fleurs.

Elle en est tellement pourueuë,
Et leur teint maintenant semble estre si vermeil,
Qu'elle croit les deuoir au bien de vostre veuë,
Et non pas au Soleil.

A V

RECIT DE VENVS

L'Aſtre qui ſort des montagnes
Doux, ſerein & gracieux,
Cede à vos beaux yeux :
Deſcouurez donc vos beautés mes compagnes,
Dont vous rauiſſez les Dieux.

FIN DV BALLET DE LA REYNE.

AIR

'En est fait, il me faut mourir,
il me faut mourir, Puis qu'au lieu de me
se- courir Vous fermez l'oreille à mes
plaintes, Ha! Meli- te, si mes douleurs es- toyent sur mon vi- sage pein-
tes, Pourriez vous retenir retenir vos pleurs?

Quoy mes maux n'ont peu vous toucher?
Vous portez vn cœur de rocher
Aussi franc d'amour, que de crainte?
Ha! Melite.

C'en est fait je ne puis guarir:
Mais l'Amour qui me fait mourir
Ne verra mes flames esteintes.
Ha! Melite.

'Est en fin trop celer mon
mal, l'Amour par vn arreſt fatal,
Me forec Amarile à ce dire Que
c'eſt pour toy Que c'eſt pour toy que je ſou-
pi- re.

Ï'ay long temps par diſcretion
Caché ma forte paſſion,
Afin qu'on jugeat que mon ame
Se conſommoit d'vne autre flame.

Si je ne ſuis inceſſamment
Prés de toy, plaignant mon toúrment,
Crois que j'ay bien de la contrainte
De retenir ainſi ma plainte.

Loris qui dompte tout
le monde, Est esclaue deſſous ma loy,
Cette vi- ctoire eſt ſans ſe- con-
de, Si je me meurs, Si je me meurs pour
elle, elle ſe meurt pour moy. Cette victoire eſt ſans ſe- con- de, Si je me meurs, Si
je me meurs pour elle, elle ſe meurt pour moy.

Cette déeſſe ſans exemple,
Qui ne m'ayme pas moins que ſoy,
A choiſi mon cœur pour ſon temple,
Et ſi je meurs pour elle , elle mourra pour moy.

Ma flame à fait naiſtre la ſienne,
Sa conſtance eſgale ma foy,
Ie ſuis ſa vie, elle eſt la mienne,
Et ſi je meurs pour elle, elle mourra pour moy.

SEPTIESME LIVRE.   B

E veux mourir deſſous les
ſoix de mon adorable bergere, On ne
void point hors de ceſ bois De beauté qui ne
ſoit legere : Toutes les belles de
la cour N'ayment ja- mais rien plus d'vn jour.

Elle me tient pour son soleil,
Mes yeux ne voyent que par elle,
Elle m'estime sans pareil,
Et je la tiens pour la plus belle.
Toutes les belles.

Nous joüissons de nos desirs,
Ie l'admire tout a mon aise,
Elle me conte les plaisirs
Qu'elle sent lors que je la baise.
Toutes les belles.

B ij

Ere des nouuel- les a-
mours, Douce jeuneſſe de l'année, Par
toy les ſai- ſons les ſai- ſons des beaux
jours,Et des fleurs nous eſt rame-
né- e. Par toy les ſai- ſons les ſai-
ſons des beaux jours,Et des fleurs
nous eſt ramenée.

Le Ciel, comme la Terre, & l'Air,
Tous ſes treſors te communique :
Mais rien ne ce peut eſgaler
Aux beautez de mon Angelique.

Ton Roſſignol qui dans les bois
Pouſſe vn ton qui ſur tous eſclatte,
N'a point le charme de ſa voix
Qui me carreſſe, & qui me flatte.

B iij

Dieux! quand verray-
je le jour Que malgré l'enuie, Le Ciel a-
my de mon amour, Daigne par vn heureux retour M'accorder auecque Siluie
L'heur de ma vi-e.

Que si je puis voir en ces lieux
L'objét de mes larmes,
Qu'on ne me parle plus des cieux :
Le sejour ou luisent ses yeux
D'où l'Amour emprunte ses armes,
A plus de charmes.

Mais las ! quand le mal est si fort,
L'esperance est vaine,
Et si j'ay quelque reconfort,
C'est que je dois tirer du sort,
Que bien tost la mort plus humaine
M'oste de peine.

B iiij

Dieux! jusques à quand pour le
seul de- plaisir De vous voir trop ay-
mé- e, e, Cru-
elle à mon desir, à mon de- sir, Porte-
rez vous dans l'œil la vengeance allu-
mé- e? e, Cru-

Vous verray-je toujours resister a l'Amour,
O diuine Climene ?
Voulez-vous dans la Cour
Aquerir le renom d'ingratte & d'inhumaine ?

Par les seueritez que vous faites sentir,
Auriez-vous le courage
De vouloir dementir
La douçeur de vos yeux, & de vostre visage ?

B V

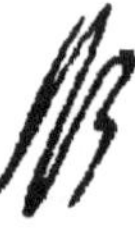

AIR

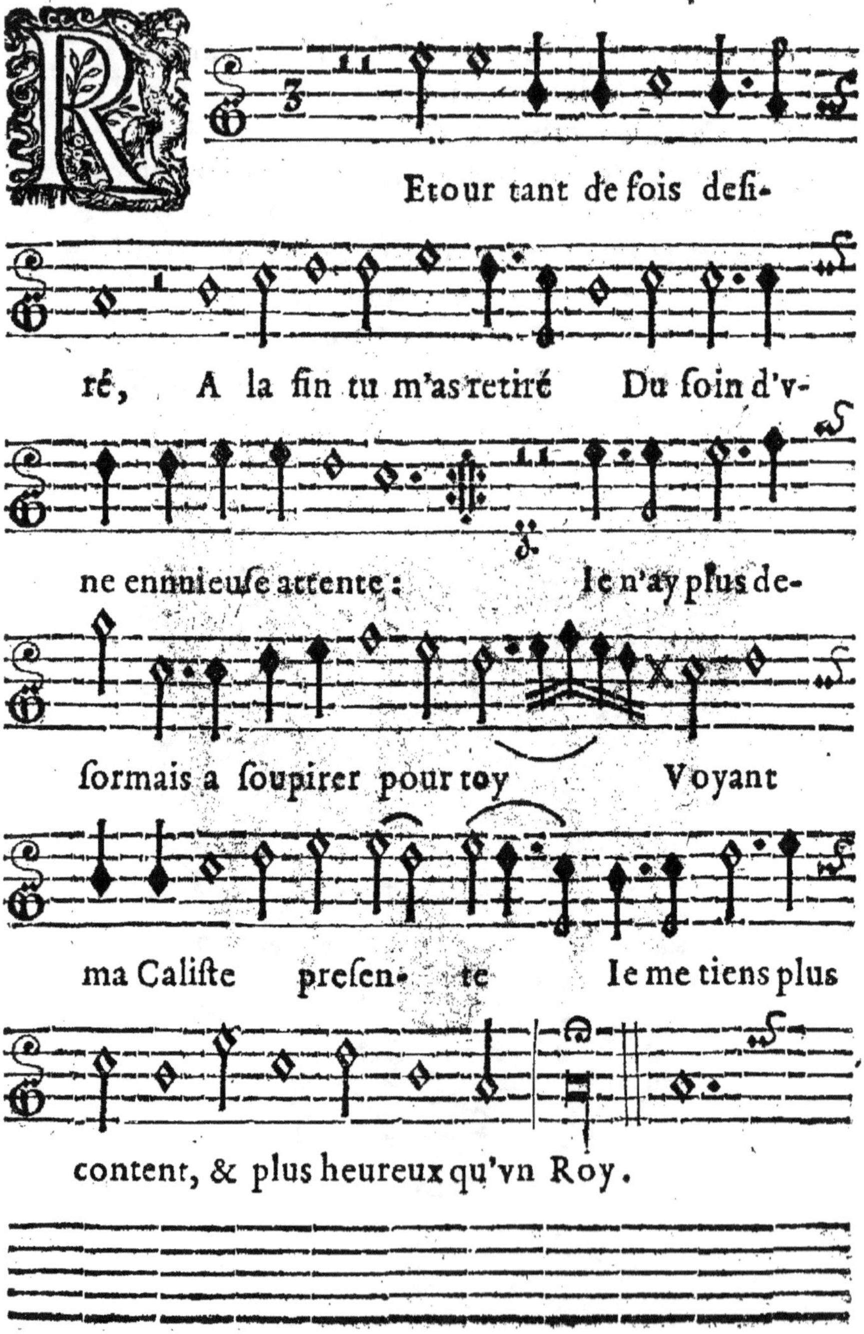
REtour tant de fois deſi-
ré, A la fin tu m'as retiré Du ſoin d'v-
ne ennuieuſe attente: Ie n'ay plus de-
ſormais a ſoupirer pour toy Voyant
ma Caliſte preſen- te Ie me tiens plus
content, & plus heureux qu'vn Roy.

Sa veüe à cessé ma douleur,
Elle à chassé tout mon malheur,
Et ses yeux ont seché mes larmes :
Ils ont en vn moment estouffé mes soupirs,
Et par la vertu de leurs charmes
Changé mes pleurs en ris, & mes maux en plaisirs.

AIR

I parmy les deserts au
fort de mes attein- tes, Ie vay faire mes plain- tes, tes, Les rochers &
les bois Plus sensibles que vous respondent
à ma voix.

Quand pour me soulager, au bord d'vne fontaine
    Ie raconte ma peine :
    Le murmure des eaux
Accuse vos rigueurs, & soupire mes maux.

En fin je cognois bien que toute la nature
    Pleure mon aduanture,
    Et vous seule aujourdhüy
Contemplez sans pitié l'excez de mon ennuy.

Vel cri- me si plein de li-
cen- ce, O dieux ont les hommes commis!
Pour les a- uoir ain- si foub- mis Aux
en- nuis, Aux en- nuis qu'aporte l'absence.
Helas! helas! je n'en puis plus, A-
mour, vois que j'en meurs Acca- blé de

douleurs.

Il n'eſt point d'eſgale ſouffrance
A celle qu'endure vn amant,
Alors que d'vn eſloignement
Il reſſent bien la violence.
  Helas ! je n'en puis plus, Amour, vois que j'en meurs
  Accablé de douleurs.

AIR

Voy que mon triste cœur
Soit las de soupirer, Et que
vos-tre rigueur Pour moy soir infinie,
Adora- ble Vrani- e, Ie
veux juf- que à la mort souffrir fans murmu- rer.

C'est elle qui nourrit ma peine & mes soucis,
C'est par elle qu'Amour rend ces diuins oracles,
Et fait naistre tant de miracles,
Qu'il conuertit a soy les cœurs plus endurcis.

SEPTIESME LIVRE. C

AIR

Vn cœur amoureux & fi-
delle Ie sers la Rey- ne des
beautés, Et voyant tant de qualités, Et de
gra- ces en elle: Ie doute
qui charme le mieux, De l'esprit, de la
voir, de la bouche, ou des yeux.

Si sa voix est incomparable,
Vn doux soufris tout plein d'amours,
La fait paroistre en son discours
Tellement adorable,
   Qu'on doute.

Les ris, les amours, & les graces,
Courent sur ses attraits charmants:
Pres de sa bouche a tous moments
I'en remarque les traces.
   Et doute.

Encor que la Mer nous separe,
Mon cœur n'en est pas esloigné:
Il a toujours accompagné
Cette Nymphe si rare.
   Ie doute.

C ij

Mourrauy de vos ap-
pas si chers aux dieux, A guidé nos pas pour
voir vos beaux yeux, Et pour ranger des-
sous vos loix Nos Luths, & nos voix. Que le
Ciel n'en soit jaloux, Nos cœurs sont a vous.

Le feu qui fort de vos regards eft fi puiffant
Que la nuit foudain va difparoiffant,
Et n'eft befoin que le Soleil
Hafte fon reueil.
Ce beau lieu reçoit le jour
Des rayons d'Amour.

C iij

A I R

Ieux que des beau- tés en
ces lieux Ren- dent la ter- re ef-
galle aux Cieux; C'eft Iunon qui de
ces meruei- les Remplit les cœurs
& les oreilles. Mortels fi ce
n'eft point aymer, Ce qui rauit nos
cœurs ne fe peut expri- mer.

Les defirs, les vœux, les appas,
Par tout accompagnent fes pas,
Et la trouppe en eft infinie :
Mais l'efperance en eft bannie.
          Mortels,

Des Luths & des plus douces voix,
Par tout accompagnent les bois,
Et leur font redire les plaintes,
De mile amoureufes atteintes.
          Mortels.

                              C iiij

AIR

E vay mou- rir dans le
moment Qu'Amin- te me fe-
ra tanit, La Cour en la per-
dant perdra fon orne- ment, Moy je per-
dray la ... c. Amour je feray
ton martir, Ie n'ay plus guere a vi- ure elle
s'en va par- tir.

Helas! tu sçais combien de fois
Deuant ce miracle des belles,
Parmy tant de mespris j'ay reueray tes loix
Qui m'estoyent si cruelles.
    Amour je seray ton martir,
    Ie n'ay plus guere a viure elle s'en va partir.

C V

Amais n'auray-je
le pouuoir De m'affranchir de cet- te tiran-
nie, Où m'assujettit mon deuoir, dont
la ri- gueur est infinie. Beaux yeux
qui m'animez par des attraits si doux Com-
ment puis- je viure sans vous!

L'ennuy que j'ay ne peut cesser,
Tout me desplaist esloigné de vos charmes,
Si j'ouure l'œil c'est pour laisser
Le passage libre a mes larmes.
     Beaux yeux.

Le deuil, le regret, & l'amour,
Dont je ressens les cruelles atteintes,
Forcent ma langue nuit & jour
A dire & redire ces plaintes,
     Beaux yeux.

O Dieux ! que l'homme est malheureux
Quand suit ensemble Amour & la Fortune ;
Que la contrainte aux amoureux,
Est vne rigueur importune.
     Beaux yeux.

A I R
Où vient que l'esmail du prin-
temps, A plus d'esclat, A plus d'esclat que de couſ-
tume, Dans ce mois amoureux qui rend
nos yeux contens, Et qui chaſſe de nous tout ſu-
jét d'amer- tume. C'eſt vous, C'eſt vous
beau ſoleil des François, Qui faites
Qui faites rajeunir ces bois.

On diroit que de l'œil du jour
Les Driades, les Napades ce sont parées,
Et que pour nous donner encores de l'amour,
De leurs plus beaux habits elles se sont parées,
C'est vous, c'est vous beau soleil des François,
Qui faites rajeunir ces bois.

Ymphes de ces fontaines, Qui
sous le cristal de ces eaux, Libres des
amoureuses peines Accor- dez voftre
voix au bruit de ces ruiffeaux, Que voftre def-
tin eft heureux De ne reffentir pas les tourments, les tour- ments a- moureux.

Vous sortez dessus l'Onde
Pour admirer l'Air & les Cieux :
Mais voyant les beautés du monde,
Vous mesprisez l'Amour, les hommes, & les dieux.
Que vostre destin est heureux
De ne ressentir pas les tourments amoureux.

A I R

Iris combatu par les ar-
mes Dont Phi- lis fait la guerre aux dieux, Le
cœur en feu, les yeux en larmes, Iour & nuit
protefte en tous lieux, Que bleffé par de
fi doux charmes, Il ay- me mieux mourir, Il ayme mieux mourir, Qu'en guerir.

A peine a t'il veu sa maistresse
Qu'vn rigoureux esloignement
Luy rauit toute l'allegresse
Que peut souhaitter vn amant :
Mais le mal qui toujours le presse
Il ayme mieux mourir
Qu'en guerir.

SEPTIESME LIVRE.   D

N despit de l'enuie
le passeray   la vie   En seruant
Ysabeau: On doit en asseurance
Croire que ma constan- ce Sera jus-
que au tombeau.

En la voyant si belle
Ie meurs d'amour pour elle
Cent & cent fois le jour :
Elle est si fort aymable,
Qu'elle est du tout capable
De donner de l'amour.

Assemblez vostre bande,
Amour vous le commande,
Vous qui chantez des Airs :
Donnés luy du courage,
Puis qu'elle est la plus sage
Qui soit dans l'vniuers.

O deité supresme !
Ie suis hors de moy-mesme,
Et ne sçaurois parler,
Encore moins escrire
L'excés de mon martire
Qu'on ne peut esgaller.

D ij

A I R

Lisimene reyne des beau-
Vous estes trop douce à tout autre a-
tés, Ie suis seul tesmoin de vos cruautés:
mant, Et vous aygrissez pour moy seulement.
Tou- te la Cour est a blasmer Si
c'est vn crime que de vous aymer, Si
j'ay pe- che par mes desirs, Ie suis pu-
ny par mes sou- pirs.

Puis que la force du feu que je sens
Vient des attraits qui sont si puissans,
Oeil que j'adore, soleil de mon cœur,
Pourquoy vous voyant deuiens-je en langueur?
Le vif esclat qui luit en vous,
Et que mon ame trouue si doux,
Cache le fiel & le poizon
Qui perd mes sens & ma raison.

D iij

Riué de deux beaux yeux
Qui con- som- ment les Dieux,
Ie me plains du sort Qui me refu-
se la mort.

Les objéts les plus beaux
Me furent des tombeaux,
Des que je perdis
Celuy de mon paradis.

Accusant nuit & jour
Les destins & l'Amour,
Loin de mon soleil
Ie n'ay clairté ny sommeil.

Dois-je toujours aymer,
Sans jamais esperer
Qu'a la fin mes pleurs
Puissent noyer mes douleurs.

Ainsi contoit Daphnis
Ses tourments infinis,
A l'Eccho d'vn bois
Qui respondoit a sa voix.

D iiij

A I R.

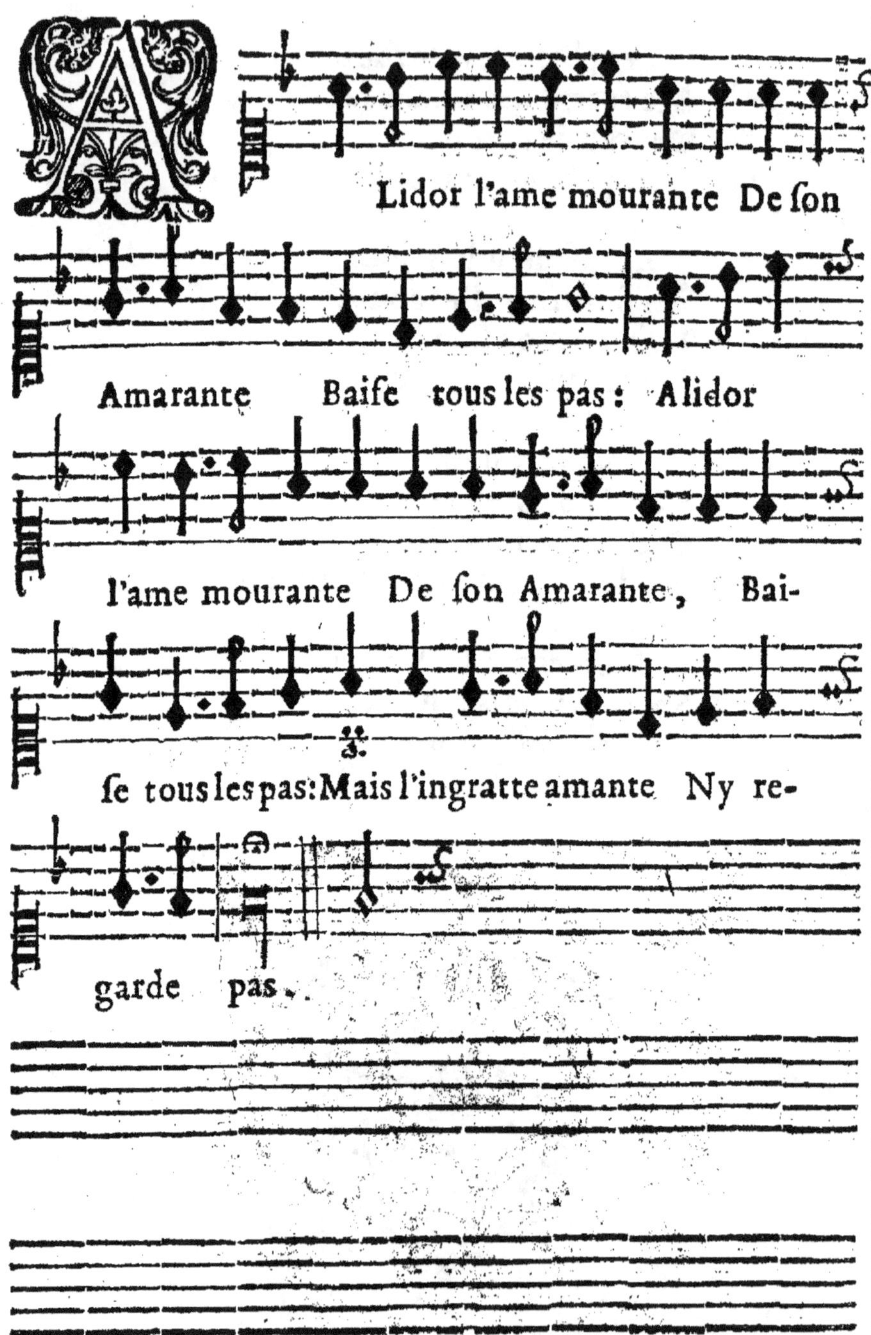

Lidor l'ame mourante De fon
Amarante Baife tous les pas : Alidor
l'ame mourante De fon Amarante, Baife tous les pas: Mais l'ingratte amante Ny re-
garde pas.

Souuent il chante aupres d'elle
Qu'elle est la plus belle
Qui soit icy bas :
Mais cette cruelle
Ne l'escoute pas .

Il conte en l'air l'aduenture
Des maux qu'il endure
Pour ce doux appas,
Vne ame si dure
Ne s'amolit pas.

Les cris de ce miserable
Rendroit fauorable
Le mesme trespas :
Mais l'inexorable
Ne s'en esmeut pas.

D V

Les rochers d'alentour
A ſa plainte ſecrette,
Comme attaint de ſon amour
Rediſoit la chanſonnette.
Ha! petite.

Pour ſuiure tes beaux yeux
Ou l'Amour fait retraitte,
I'abandonne ces beaux lieux,
Mon trouppeau & ma houlette.
Ha! petite.

Tu ne l'ignore pas
Gentille bergerette,
Ou bien tu ne me vois pas
Sur l'esmail de ces fleurette.
Ha ! petite.

Eccho Nymphe des bois,
Aux Forests plus secrette
Redisoit autant de fois
Ce que chantoit ma musette.
Ha ! petite.

Si tu sçauois combien
Dans mon cœur je regrette
De ne joüir de ce bien
Que tant de fois je souhaitte.
Ha ! petite.

Les eaux qui vont coulant
D'vne source si nette,
Sont les pleurs qui vont meslant
Aux larmes que Tirsis jette.
Ha ! petite.

Les amoureux Zephirs
D'vne haleine si nette,
Font esclore les soupirs
Pour dire le nom d'Annette.
Ha ! petite.

A belle   je me meurs d'a-
mour, Pour vous je languis nuit & jour, Toutes les
beautés que je voy N'ont rien qui vous fecon-
de: Car vous auez   je ne fçay   quoy Qui charme
tout le mon- de .   de. Car

Ie ne voy rien deſſous les cieux
Qui ſoit eſgal a vos beaux yeux,
L'Amour vous à comme je croy
Quitté ſa treſſe blonde,
Vous ſeule auez je ne ſçay quoy
Qui charme tout le monde.

Belle vous auez plus d'attraits
Que l'aueugle Amour n'a de traits,
Vous tenés deſſous voſtre loy
Toute la Terre & l'Onde :
Car vous auez je ne ſçay quoy
Qui charme tout le monde.

Pourquoy bel aſtre que je ſers,
Ie veux mourir dedans vos fers,
Encor que jamais a ma foy
Voſtre cœur ne reſponde :
Car vous auez je ne ſçay quoy
Qui charme tout le monde.

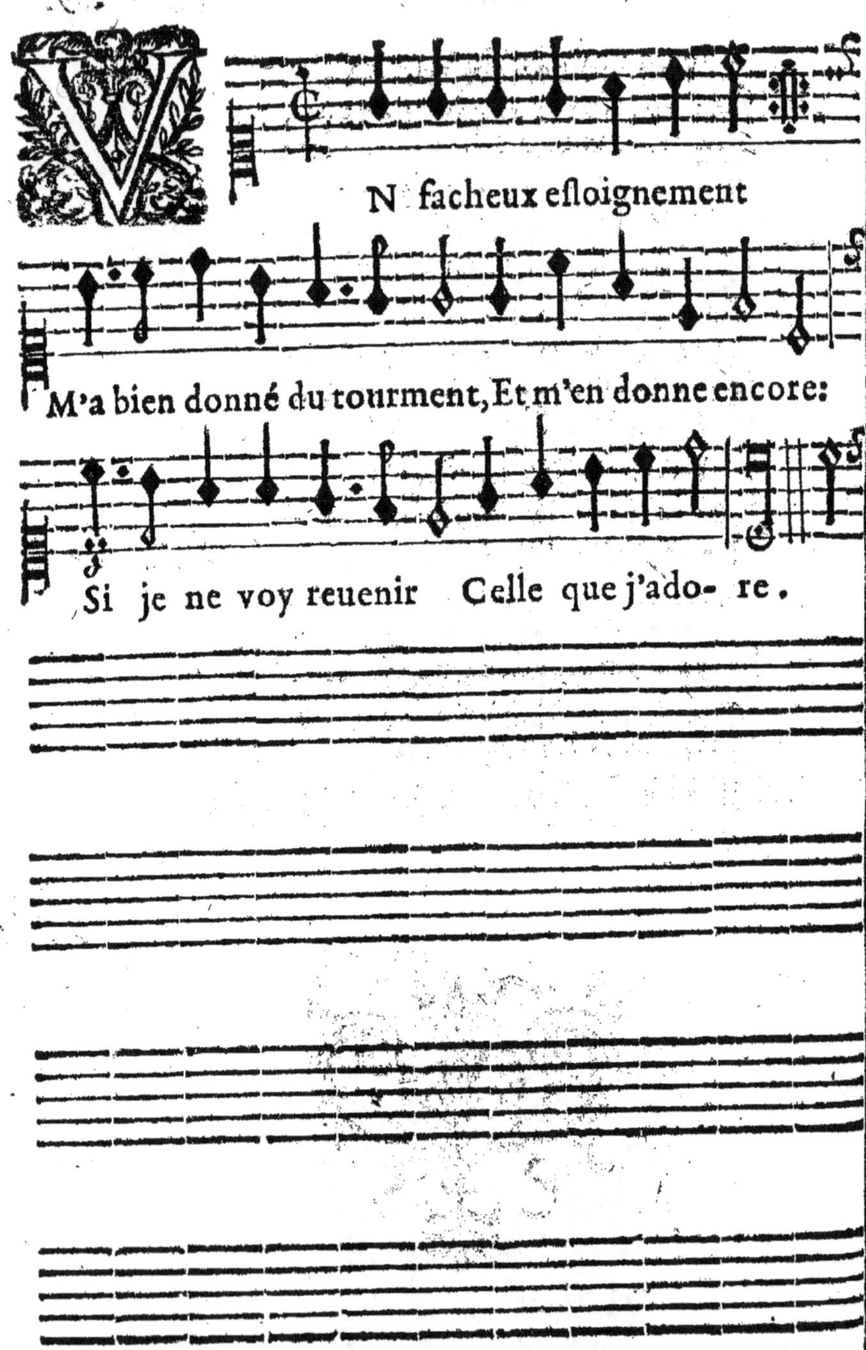

N facheux esloignement
M'a bien donné du tourment, Et m'en donne encore:
Si je ne voy reuenir   Celle que j'ado- re.

Tout finit en ces bas lieux :
Mais non le foin ennuieux
Qui mon cœur deuore
Si je ne voy reuenir celle que j'adore.

Ie voy coucher le Soleil,
Et le voy a son reueil
Luire apres l'Aurore,
Et je ne voy reuenir celle que j'adore.

Ie voy fleurir tous les ans
Sur la terre les presens
De la belle Flore :
Mais je ne voy reuenir celle que j'adore.

Ie n'espere aucun secours
Que la mort dans peu de jours
Viendra mes yeux clore
Si je ne voy reuenir celle que j'adore.

Our euiter mile jaloux
Dont les yeux veillent sur nous, Allons au bois
le long du jour, Allons Philis faire l'amour,
Accordons la nos de- sirs, Et mourons dans
nos plaisirs.

Couchés deſſus ces belles fleurs
Nous guerirons nos langueurs,
Et nous mocquerons de leurs ſoins,
Puis qu'ils ne ſeront pas teſmoins
Des plaiſirs que nous aurons
Lors que nous nous baiſerons.

SEPTIESME LIVRE.   E

'Eſt a ce coup que les dieux
Touchez des pleurs de mes yeux, Donnent a ma dou-
leur vn foudain allege- ment,
Et que ma Deité n'eſt plus rebelle au par-
fait contentement Qu'on eſprouue en aymant.

Dans le bon-heur ou je suis
Ce que je veux je le puis :
Car Amour mon vainqueur a fini sa cruauté,
Et son trait maintenant doux a mon ame par les yeux d'v-
    ne beauté,
Est a la fin dompté.

Dieux que j'ayme les regards,
Et que j'en cheris les dards,
Que mon cœur est joyeux a chaque fois qui les sent,
Qu'il me plaist de languir pour l'amour d'elle & que son
    œil est puissant
De guerir en blessant.

Ie la baise a mon plaisir
Lors que j'en ay le desir,
Et me plaist de mourir au milieu de ces appas :
Mais quoy, c'est vne mort qui m'est si douce que j'ayme a
    ne viure pas
Qu'en souffrant le trespas.

E ij

Vs sus, honorons ce beau jour
Qui remplit nos cœurs de gloire & d'amour :
Puis que le doux hy- men v- nit dans
les Cieux, Les volontez de deux ra-
ces des Dieux.

Charmons par nos Luths & nos voix,
Marie, & L o v y s, le plus grand des Roys:
Puis que le doux hymen vnit dans les Cieux
Les volontez de deux races des Dieux.

E iij

E ne puis souffrir ma
Siluie, l'ar-deur que je sens m'em-
braser, Il faut que tu m'oste la vi-
e, Ou que tu me donne vn baiser,
Et quoy, me lairras-tu mourir, Puis
qu'vn baiser me peut guerir ?

Vn baiser n'est pas tant de choses,
La vigne baise les hormeaux:
Toy mesme tu baise les roses;
Et les prés baisent les ruisseaux.
Et quoy.

E iiij

Emy   Remy mon cher
amy   Ne fois point endormy, Faut s'eniurer
aujourdhuy,   Prens tes chausse & quitte ton bon-
net Et t'en vas tout droit au caba- ret.

Du vin, du vin, car il est jour,
La soif est de retour,
Bacchus a chassé l'amour :
Vn Cesar est moins qu'vn Hargolét
S'il ne sçait vuider le gobelét.

E V

Annissons la bizarre hu-
meur, Et le soin de nostre cœur, Et qu'vn bõ vin vermeil soit nostre soleil. Beuuons compagnons
toute la nuit au bruit des pots, des plats, Sans estre las de boire du bon vin & de l'hypocras.

Alexandre aymoit tant le vin
Qu'il beuuoit soir & matin,
Qui l'eut pris sans piot eut esté bien fin,
Mettant bouteille & verre sus cul esmeu il ne vinoit,
Et ne pouuoit sans boire : car toujours Bacchus le suiuoit.

Acchus tout plein de gloi-
re, Affis sus vn Tonneau A gai- gné
la victoire Dedans Fontainebleau . Allons
compagnons, fe- a, beuuons le vin sans
eau, O fea O fea Loupi- neau.

Mars & Venus ensemble
Se promenoyent vn jour,
Ils joüoyent se me semble
Au petit jeu d'amour.
   Allons compagnons.

La corne d'abondance
Du pere Romulus,
Seruoit de resistance
A ces deux amoureux.
   Allons compagnons.

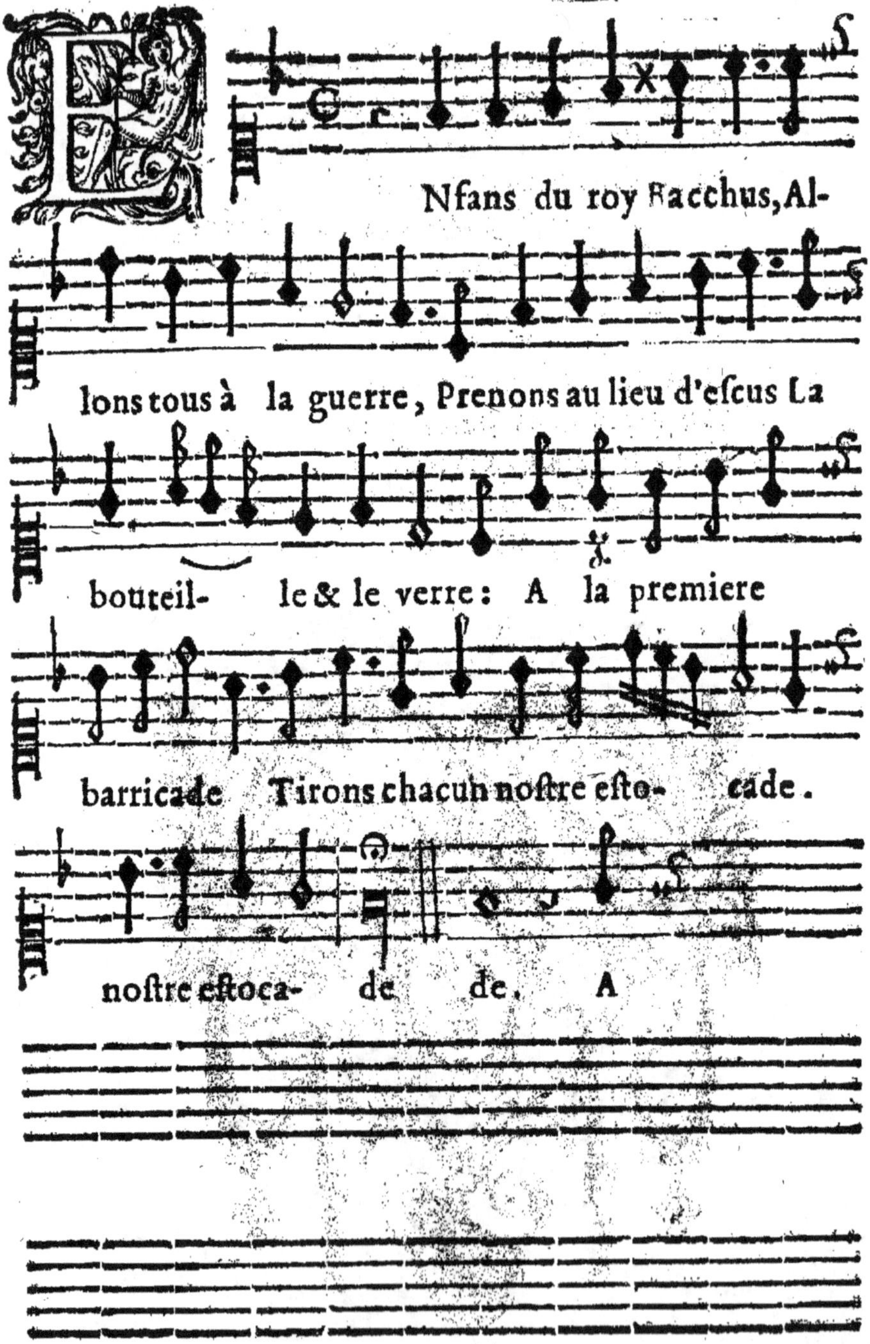

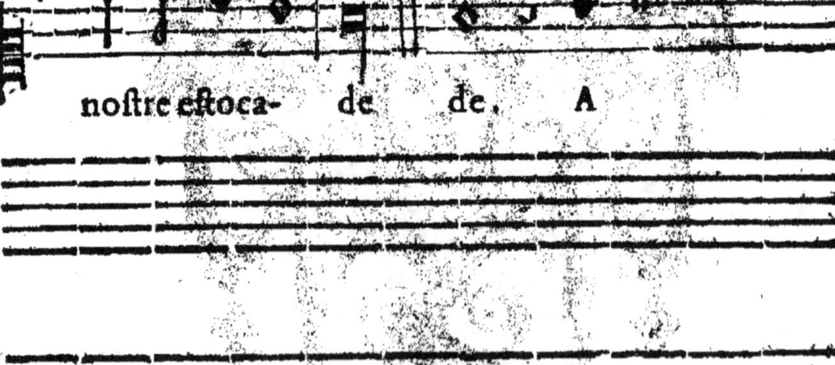
Enfans du roy Bacchus, Al-
lons tous à la guerre, Prenons au lieu d'escus La
bouteil- le & le verre: A la premiere
barricade Tirons chacun nostre esto- cade.
nostre estoca- de de. A

Nous sommes neuf garçons
Qui ne craignons personne
A vuider cent flaccons,
Et la plus grosse Tonne :
　　C'est le moyen aux barricades,
　　De les franchir sans estocades.

On a veu les neuf Sœurs
Dans les voûtes cœlestes :
On verra neuf beuueurs
Dans les caues terrestres,
　　Qui forceront les barricades
　　En leur tirant des estocades.

AIR.

E pauure Amour eſt détrouſ-
ſé, Bac- chus à coups de verre,
Vous l'a ſi rudement pouf- ſé Qu'il a donné du nez en terre, Victoire, victoire,
victoi- re: Ca qu'on nous donne a boire Voy-
ſin, mais l'as-tu veu? Quand j'auray beu Ie te
conteray l'hiſtoi- re.

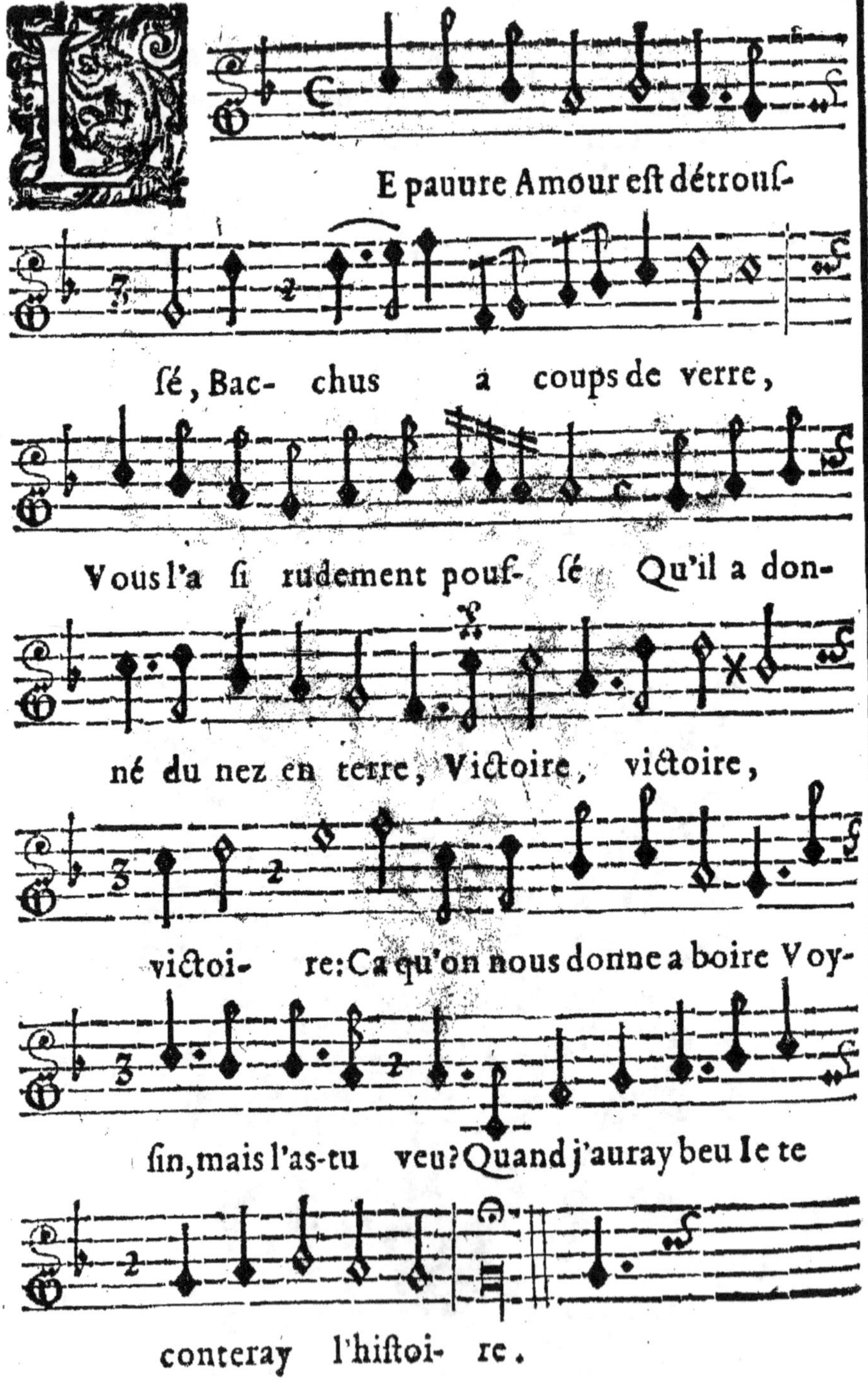

Au lieu qu'il portoit vn brandon
Dont il faisoit merueilles,
Helas ! le pauure Cupidon
Ne porte plus que des bouteilles.
Victoire.

SEPTIESME LIVRE.　　　F

AIR

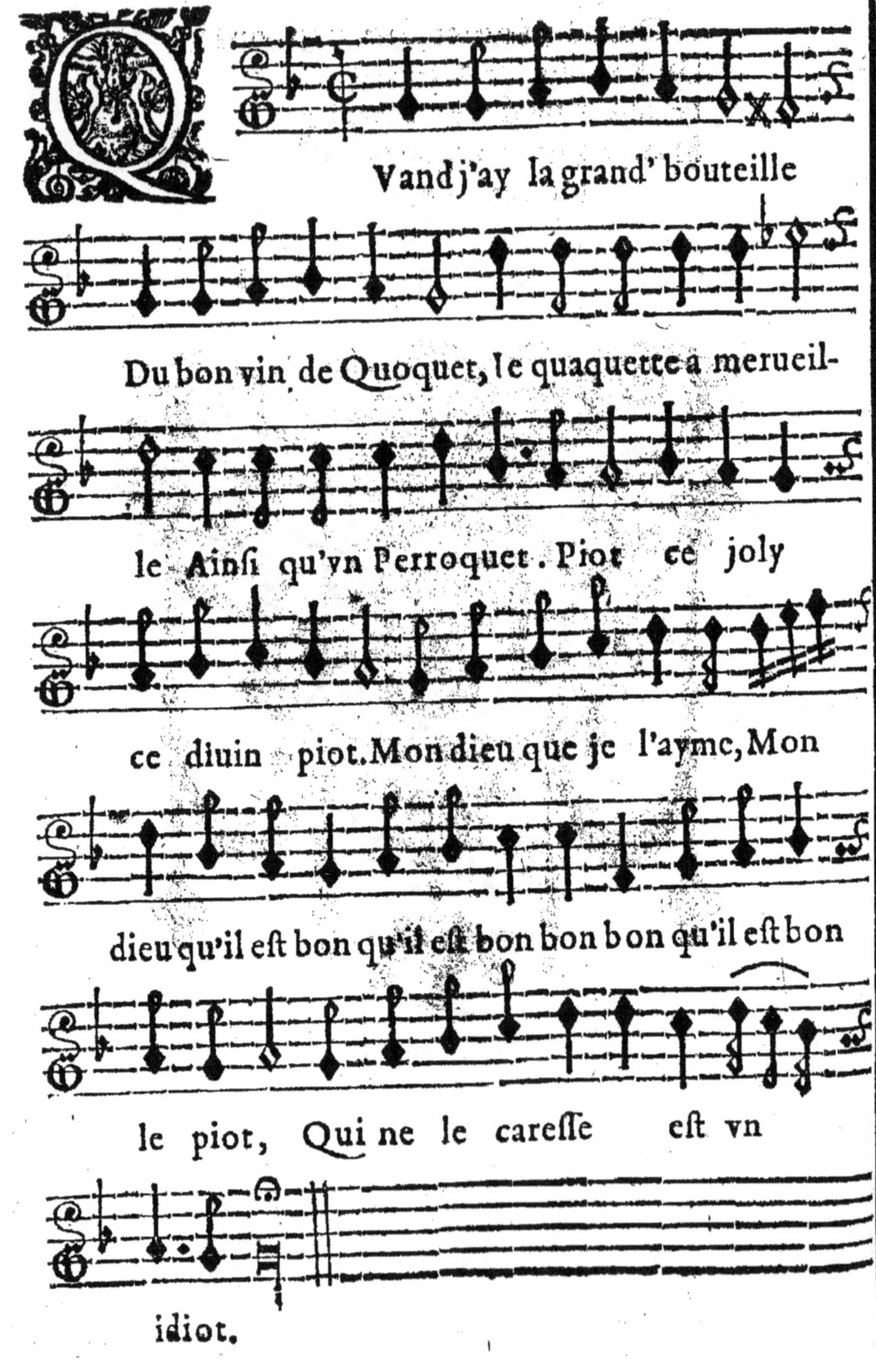

Vand j'ay la grand' bouteille
Du bon vin de Quoquet, Ie quaquette à merueil-
le Ainsi qu'vn Perroquet. Piot ce joly
ce diuin piot. Mon dieu que je l'ayme, Mon
dieu qu'il est bon qu'il est bon bon bon qu'il est bon
le piot, Qui ne le caresse est vn
idiot.

Quand j'ay tout plain mon verre
Du bon vin de Girar,
Ie suis Roy d'Angleterre,
Marquis de Vaugirar.
Piot ce joly.

F ij

E ne puis souffrir les es-
Ne presche rien que le mes-

pris Dont l'impu-   dente resueri-   e,
pris Du vin &   de l'iurongneri-   e.

Ie veux mourir au Caba-   rét, Entre le

blanc & le clai- rét.

Qu'vn plus ambitieux que moy
Aille au lieu ou le Canon donne,
Et tombe mort aux pieds du Roy,
Pour le support de sa personne.
    Ie veux.

Lors que la nuit reprend son tour,
Ie m'enferme dans la Tauerne,
Et n'en sors jamais que le jour
Ne face paslir ma lenterne.
    Ie veux.

F iij

A I R

Vand je me leue du ma-
tin La bouteille a la main, Et de l'autre les
Ceruelats, Helas! je n'en suis jamais las.
Helas! je n'en suis jamais las.

Le Lapin de garenne est bon,
Aussi est le Iambon,
La Perdrix vaut encore mieux :
Heureux qui la mange joyeux.
Heureux qui la mange joyeux.

Toutes ces viandes ne sont pas
Pour faire vn bon repas,
S'il n'y a de cette liqueur,
Liqueur qui resjoüit le cœur.
Liqueur qui resjoüit le cœur.

Tandis que le temps nous auons,
Rions, chantons, beuuons,
Sans crainte que ce vin nouueau
Si beau, trouble nostre cerueau.
Si beau, trouble nostre cerueau.

F iiij

Acchus droit icy m'a-
meine Boire dans la fontaine Qui me
rend sçauant: De luy j'apprens la mesu-
re certaine De ses vers en beuuant.

Il à reduit son estude
Dedans la solitude
De ces grands desers,
Des Cheure-pieds j'y voy l'oreille rude
Qui se dresse à ses airs.

Phœbus luy preste sa Lire,
Ce qui fait qu'on admire
Ses tons accordans :
Et tout soudain pour aprester a rire
S'en va boire dedans.

Ainsi Marquis tu nous donne
Vin & verre que j'entonne
Dedans mon gauzier,
Et tu m'apprens a faire vne couronne
De Pampre & de Laurier.

F V

Av sentiment de mes at-
taintes Dont le reme- de est de mou- rir,
A qui dois-je plus recourir Quand Cloris mespri-
se mes plaintes ? Et qu'Amour me refuse en
cette violence, Trefue, mort, Trefue,
mort, ou patience.

La peur à mon ame saisie,
  L'ardeur me consume au dedans,
  Le froid n'esteint mes feux ardans,
  Ny les ardeurs ma jalousie :
      Et je ne puis trouuer en cette violence
      Trefue, mort, ny patience,

A quel estat plus desplorable
  Se peut comparer ma douleur ?
  L'Amour a juré mon malheur,
  Cloris se rend inexorable :
      Et je ne puis trouuer en cette violence
      Trefue, mort, ny patience.

Funestes causes de mes peines,
  Froid & chaud assemblés en vn,
  Qui pourtant d'vn accord commun
  Ne faittes que glacer mes veines :
      Auray-je point par vous en cette violence
      Trefue, mort, ou patience ?

Ie cognois bien que tout conjure
  Pour me tourmenter tour a tour,
  L'injure esueille mon amour,
  L'Amour n'efface mon injure :
      Et je ne puis trouuer en cette violence
      Trefue, mort, ny patience.

Mais qu'a son gré le Ciel m'afflige
  S'il peut croistre mes desplaisirs,
  C'est ou j'arreste mes desirs,
  Et c'est en l'excés qu'il m'oblige :
      Puis que je ne retrouue en cette violence
      Trefue, mort, ny patience.

Viés bien loin de nos contré-
es Bizares, dont l'esprit mal fait,   Tire des
vou-   tes a-   zurées   Les Astres & les
Dieux pour en faire vn Ballet.   Vos sujets trop con-
fus, Trop graues & su-   per-   bes,   Cedent
a nos petits pro-   uerbes.

Nos dances ne font importunes,
Ny nos deſſeins ambaraſſans,
Nous prenons des choſes communes
Pour les faire aiſement tomber deſſous les ſens,
Et fuyons les ſujets releuez & ſuperbes,
Pour dancer nos petits prouerbes.

A I R

La fin ma perseue-
rance Flechit vn cou- rage obstiné,
Qui s'es- toit long temps mutiné Contre l'A-
mour & ma con- stance : Olimpe a
recogneu ma foy, Ie la possede elle est à moy. Ie la posse- de elle esta moy.

C'eſt pour moy qu'elle ayme ſes charmes,
Ses vœux ſeconde mes deſirs,
Ses ſanglots ſuiuent mes ſoupirs,
Ses pleurs accompagnent mes larmes :
   Olimpe eſt ſoubmiſe à ma loy,
   Ie la poſſede elle eſt à moy.

Amour eſt maiſtre de la place,
Et comme vn abſolu vainqueur,
Il a mis la flame en ce cœur
Qui pour moy n'eſtoit que de glace.
   Olimpe eſt ſoubmiſe a ma loy,
   Ie la poſſede elle eſt à moy.

Rand Roy qui comme vn autre Al-
ci-   de   Braue le pé-   ril
& le sort;   Ton courage nous sert de
guide Pour aller   affronter la mort.

Suiuant ta valeur plus qu'humaine,
Seul objét de tous nos desirs,
Voy que le trauail & la peine
Sont nos douceurs, & nos plaisirs.

Sans toy nous ne pourrions pas viure,
Rien que toy ne nous peut rauir :
C'est nous delasser que te suiure,
Nous reposer que te seruir.

SEPTIESME LIVRE   G

V'est deuenue en fin cette
Nymphe si belle, Absen- te de nos yeux?
Terre pour ne sembler as- sez digne pour
elle, L'as-tu remise aux Cieux?

Que veut dire ce deuil, & que chacun essuie
    Ses yeux pleins de douleurs,
Que le ciel obscurcy nous répend vne pluye
    Qui ressemble des pleurs.

Seroit-il aduenu que quelque mal extresme
    Eust fait bresche a son sort?
Vn corps si vertueux, hé quoy? la terre mesme
    Flechit elle à la mort?

Pour la voir j'ay couru les deserts, les campagnes,
    Les lieux les plus reclus :
I'ay visité parmy ses fidelles compagnes,
    Elle ne s'y voit plus.

I'ay tourné l'œil a tout, & a chaque partie
    l'ay retourné mes pas,
I'ay r'enforcé ma voix pour appeler Clitie,
    Et ne me répond pas.

Mais ne seroit-ce point qu'elle eust reduit sa vie
    Au desir de son œil,
Et regardant le ciel il l'a nous ayt rauie
    Aupres de son soleil.

Oy, je n'en doute plus, & mon ame troublée
    La voit au firmamant,
Ne cherchons plus Clitie elle s'en est allée
    Auecque son amant.

G ij

AIR

Vis qu'vn aymable printemps En tout
temps Fait fleurir noftre jeuneffe, Amis
rejoüiffons nous, Ainfi tous Chaffons ran-
cune & triftef- fe. Ha qu'il eft bon ce bon
vin que je boy, C'eft du meilleur de la bouche du Roy.

I'aym̨e le vin bourguignon
Compagnon,
I'en boy sans peur & sans crainte,
Il à la couleur & l'œil
Tout pareil
A celuy de cette pinte.
Ha ! qu'il est bon.

On dit que par son brandon,
Cupidon
Dompta la diuine essence :
Mais Bacchus par sa liqueur
Est vainqueur
D'Amour, & de sa puissance.
Ha ! qu'il est bon.

Il me semble quand je boy,
Que je voy
Tous les doublons de l'Espagne,
Que les tresors de son Roy,
Sont a moy,
Et qu'vn Sceptre m'accompagne.
Ha ! qu'il est bon.

G iij

MOVLINIE.

I negro tengo la mano
Negro tengo el coraçon,
Y porque el
Amor es fuego Todo me buelbo carbon.
SECOND COVPLET.
Aunque An-
gel pareceis No mereceis efte
nombre. Porque ellos guardan el hombre
Y vos otros lo perdeis.

Es de pura verguença morena
Moreno mio ay dios moreno mio.

Por vna moreni ta morena
Se pierde Troya ay dios se pierde Troya

Y por otra se pierde morena
Mi vida toda ay dios mi vida toda.

G iiij

DIALOGVE.

Iga me quan- to
ha Señora que su mal tiene.
A cada momento me vie- ne
A ca- da paſ- ſo me- da
Diga me adon- de eſta Para
curar le me- jor. A qui a qui ſe-
ñor doctor A qui a qui tengo el dolor, A

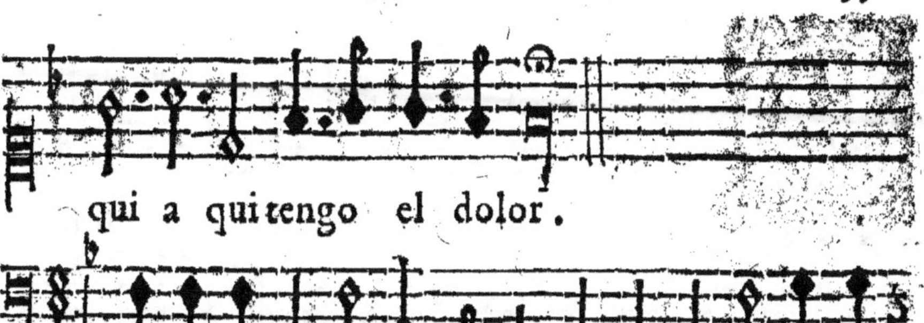

Sangre se aquestos dos dias
Y quedara luego sana,
Señor doctor cada semana
Me hazen dos mil sangrias
Essas son melancolias
Que nacen del mal de Amor.
   A qui.

Diga me a donde viene
Essa dolor que la tiene
Señor doctor que me viene
Mas baxo que el ombligo
Pues a sanar yo me obligo
Si toma cierta licor
   A qui.

G y

los si quiereis viuir Llore
mos nuef-tros en ojos Que a-
mor que entra por los ojos Por ellos
por ellos por el los ha de salir.
Por ellos ha ha ha de sa-lir.

Pecho ſi quiereis guarir,
Souſpiremos mi mal trecho
Que amor que entra por el pecho
Por ello por ello por ello ha de ſalir.

Cielo ſi quieres oyr
Abra la oreja ami duelo
Que amor que oye del cielo
En ello en ello en ello ha de ſalir.

Epi- cauan las
Campanillas Yen la ygle- fia de Leon
Yen la ygle- fia de Leon, Y las damas
faltando baylando Rompen el ayre repi-
candoal fon Rompen el ayre Rompen el ayre
repi- candoal fon.
SVIVEZ.

Tañian las marauillas
De el amor de Anna y Loys, De el amor
de Anna y Lo- ys.
Y las damas saltando baylando Rompen el
ayre re- pi- candoal son. Rompen el
ayre Rompen el ayre re- pi-
candoal son.

I matais quando mirais,
Si matais quando mirais Señora por
vueſtro guſto No mirais por que no es
juſ- to, to, Que matais Que matais y
vos vi- uais. Que matais y vos viuais
Que matais Que matais y vos vi- uais.

Pues que señora matais
Con vuestro mirar injusto
No mireis por que no es justo
Que matais y vos viuais.

TABLE
DV SEPTIESME LIVRE D'AIRS.

SEPTIESME LIVRE.   H

TABLE

AIRS A BOIRE.

AIRS ESPAGNOLS.

FIN.

EXTRAIT DV PRIVILEGE.

AR LETTRES PATENTES DV ROY données à Sainct Germain en Laye le vingt-huictiesme jour de Iuillet, l'An de grace Mil six cens vingt-trois, & de nostre reigne le quatorsiesme. Signées PAR LE ROY EN SON CONSEIL, MASCLARY: & sceellées du grand sceau en cire jaune sur simple queuë, conformatiues à d'autres precedentes. Il est permis à Pierre Ballard Imprimeur de Musique de sa Majesté, d'imprimer, faire imprimer, vendre & distribuer toute sorte de Musique tant voccale qu'instrumentale, de quelque Autheur que ce soit: Faisans deffences à tous autres Libraires & Imprimeurs de quelque condition & qualité qu'ils soyent, d'imprimer, faire imprimer, extraire partie d'icelle par quelque manie-re que ce soit, ny mesme vendre ny distribuer en general ne particulier, les liures de Musique imprimés & à impri-mer par ledit Ballard, sans son congé & permission, sur pei-ne de confiscation desdits liures, despends, dommages, inte-rêts & d'amande arbitraire, ainsi qu'il est plus amplement declaré esdittes lettres: n'onobstant toutes lettres impetrées ou à impetrer à ce contraires. Saditte Majesté veut sans autre signification ne formalité, l'extrait d'icelles mis au commencement, ou fin desdits liures, estre tenuës pour bien & deuëment signifiées à tous qu'il apartiendra.